♥ I READ

巴布的藝術大戰！

文　　圖　瑪莉安·杜莎
譯　　者　柯倩華
責任編輯　郭心蘭
美術編輯　林佳玉　陳智嫣
發 行 人　劉振強
出 版 者　三民書局股份有限公司
地　　址　臺北市復興北路386號（復北門市）
　　　　　臺北市重慶南路一段61號（重南門市）
電　　話　(02)25006600
網　　址　三民網路書店 https://www.sanmin.com.tw
出版日期　初版一刷 2021年4月
書籍編號　S859521
I S B N　978-957-14-7163-1

Originally published in the English language as
BOB GOES POP! by Laurence King Publishing
Ltd. in 2020
Copyright© 2020 Marion Deuchars

This edition is published by arrangement with
Marion Deuchars, c/o Peters, Fraser and Dunlop Ltd.,
through Andrew Nurnberg Associates International Limited.
All rights reserved.
Chinese translation rights © 2021 San Min Book Co., Ltd.

獻給海倫

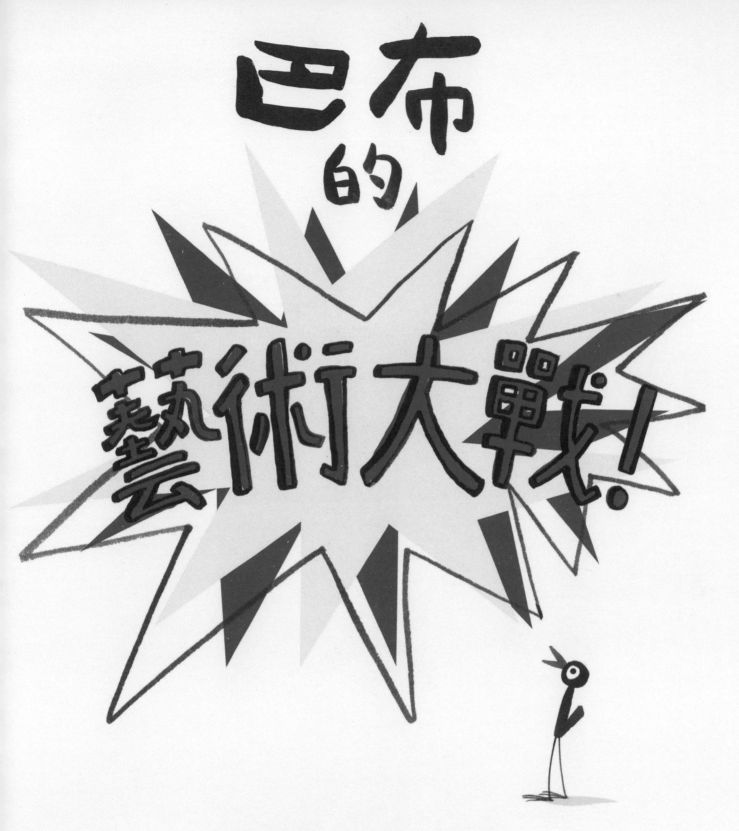

巴布的藝術大戰！

瑪莉安‧杜莎／文圖

柯倩華／譯

三民書局

「喂，巴布！
你見過鎮上新來的藝術家嗎？」
貓頭鷹說，「雕塑家羅伊，
大家都在談論他！」

「什麼羅伊？」
巴布說，
「我才是這裡最棒的藝術家。」

於是，巴布去見羅伊。
羅伊是一隻藍鵐武鳥，
看起來一副得意洋洋的樣子。

「嗨！」羅伊說，「聽說你也是藝術家。
你認為我這件美妙的周佳型品怎麼樣啊？
我叫它……
漢寶寶起司抱抱。」

「這是另一件。它叫做
綠油油畫筆刷刷。」

「還有，你覺得這件如何？我的
正反拍羽毛飛飛。」

「喔！這些都是很平常的東西嘛，
只不過比較大而已。」巴布說。

「我做的雕塑品才不是平常的東西！
它們全都非比尋常！
反倒是啊，
無聊的圖畫誰都能畫。

我敢打賭
你根本不會
做雕塑！」
羅伊氣憤的說。

「那還不容易！我敢
和你打賭我會！」
巴布說。

隔天，巴布做了生平第一件周塑品。
「請——看！
我叫它
點點烏拉拉。」

「還不錯」

「可是，快來看羅伊剛剛完成的！」

「我叫它舔不完的甜甜好滋味。」
羅伊說。

「嘿！
只不過是支
大棒棒糖而已。」巴布說。

巴布再試一次。
我的
黃彎彎——
大肚蕉。

「百分百
香蕉！」
蝙蝠說。

「可是，快來看羅伊剛剛完成的！」

隔天，巴布又做了一件周隹塑品。

羅伊也是！

巴布又做一件。

羅伊也是!

「好美味
的蛋黃!」
貓頭鷹笑著說。

巴布做了一件又一件……

可是，羅伊的雕塑品真的都非比尋常……
巴布需要一些新點子。

那天晚上，他偷偷跑去羅伊的工作室。

「只看一眼就好……」
他小聲的自言自語。

隔天，羅伊向大家展示新完成的超大型氣球狗。
而巴布向大家展示⋯⋯

「你抄龍襲！」

羅伊抓住巴布的波浪狗。
他們兩個不停的扭打、翻滾，直到……

「我的波浪狗，全沒了。」
羅伊傷心的流下眼淚。

「我真的很對不起。」
巴布哭著說。

「我做一個新的給你，好嗎？
說不定我們可以……合作？」
巴布懇求。

「說不定……」
羅伊吸了吸鼻子說。

「你來雕塑，我來畫圖。」
巴布說。

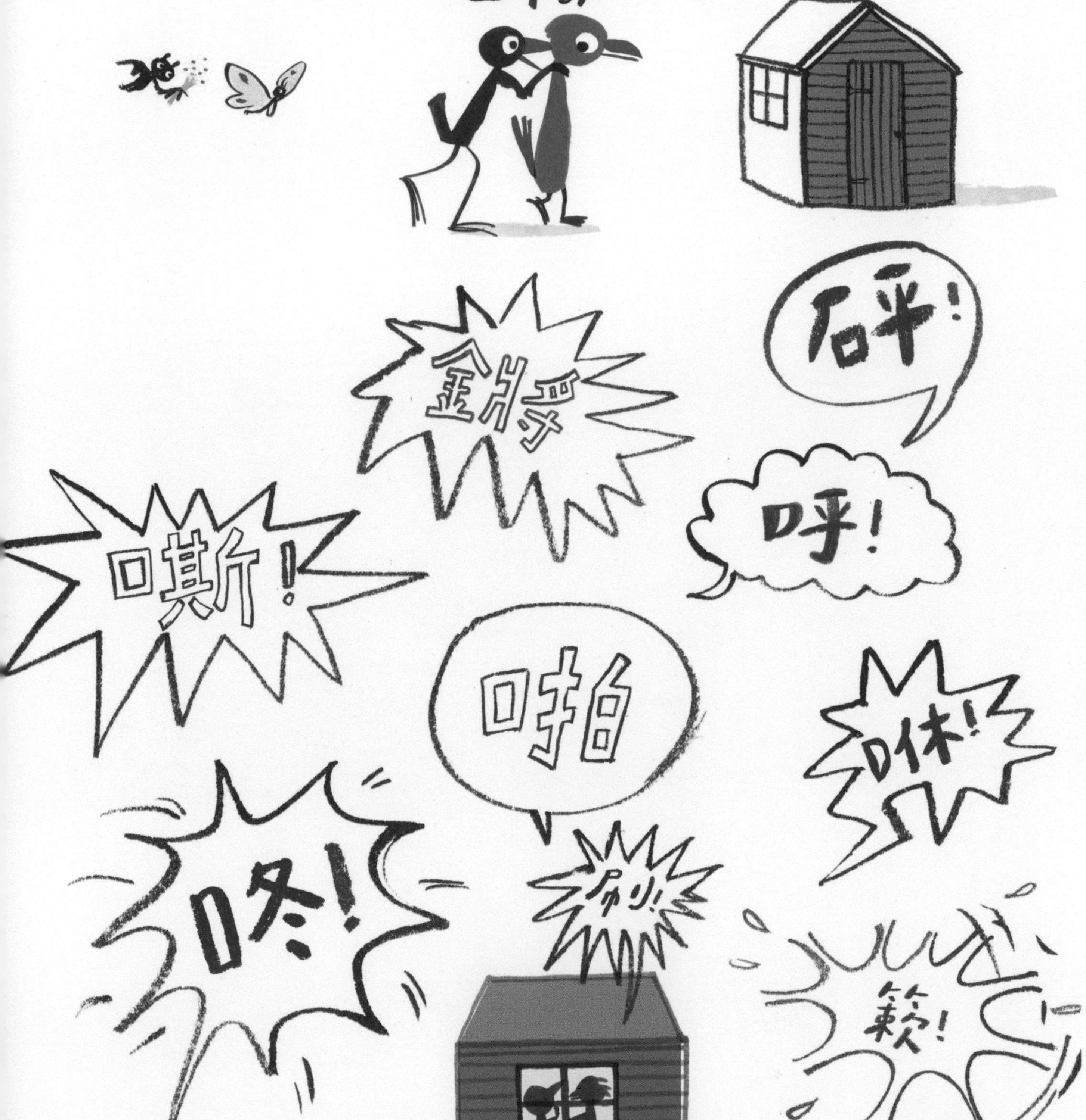

「他們到底在裡面做什麼呀？」

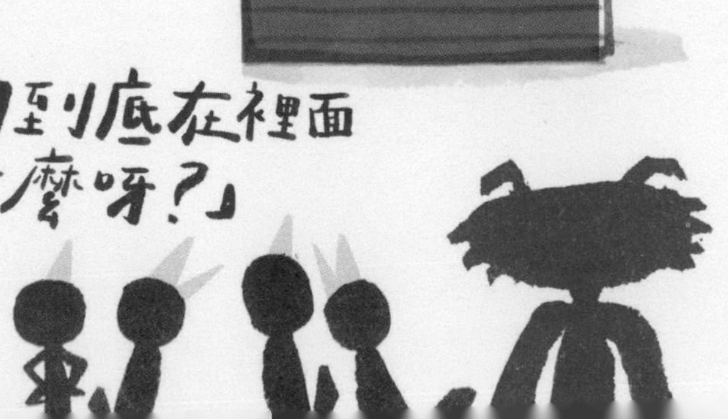

終於，巴布和羅伊向大家展示他們的創作……
「我們叫它……
波浪狗
汪汪哇！」

「這可真是非常
非常的
不尋常！」
貓頭鷹說。

大家不遠千里而來，
就為了看這件作品。

「我覺得，我們兩個都是鎮上最棒的藝術家！巴布說。

「我覺得「更棒的是，我們成為了朋友。」

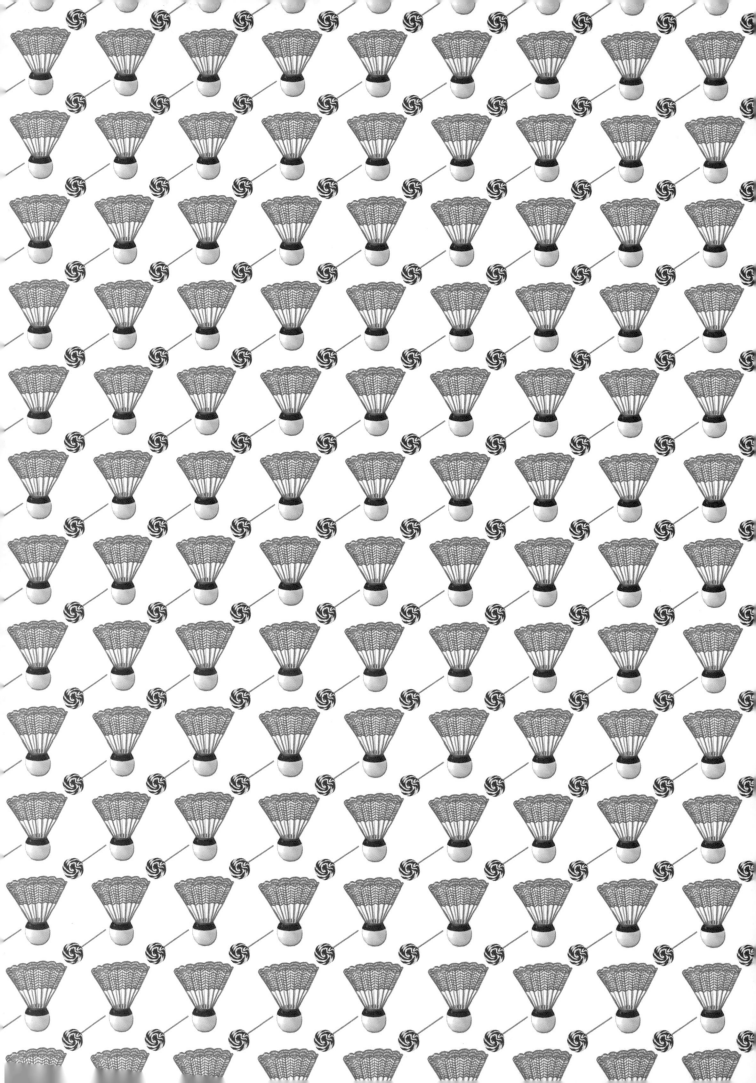